31 mars 1864

Vente des 31 Mars et 1er Avril 1864

PAR SUITE DU DÉCÈS

DE MADAME LA COMTESSE DE LA B*** Béraudière

OBJETS D'ART

DE CURIOSITÉ & DE RICHE AMEUBLEMENT

QUATRE MAGNIFIQUES TABLEAUX

Par L. LAGRENÉE l'aîné

EXPOSITIONS

Les 29 et 30 Mars 1864

Me Ch. PILLET, Commissaire-Priseur

MM. MANNHEIM, Experts

PARIS. IMPRIMERIE DE PILLET FILS AINÉ
5, RUE DES GRANDS-AUGUSTINS.

CATALOGUE

D'UNE BELLE RÉUNION

D'OBJETS D'ART

DE CURIOSITÉ & DE RICHE AMEUBLEMENT

Très-belle Tabatière
en or émaillé en plein à sujets d'après Boucher;
Boîtes enrichies de belles Miniatures par Van Blarenberghe et autres;
Tabatières et Bonbonnières en cristal de roche, en or ciselé, etc.;
Très-belles Miniatures par Charlier, Hall, Isabey, etc.;
Coupe en cristal de roche; Belle Montre en or émaillé; Bijoux et Orfévrerie des époques Louis XV et Louis XVI;
Très-beaux Vases en ancien céladon bleu turquoise, avec montures du temps de Louis XVI;
Porcelaines de Sèvres et de Saxe; Pendules, Candélabres, Bras, etc.,
des époques Louis XV et Louis XVI; Belle Paire de Chenets attribués à Gouthières;
Très-beaux Meubles des époques Louis XIV, Louis XV et Louis XVI;
Tableaux anciens et Objets divers

LES QUATRE ÉLÉMENTS, magnifiques tableaux par **L. Lagrenée,**
de 2m,55 de hauteur sur 1m,40 de largeur

DONT LA VENTE AURA LIEU

*Par suite du décès de Mme la comtesse de La B****

HOTEL DROUOT, SALLE Nº 5

AU PREMIER

Les Jeudi 31 Mars et Vendredi 1er Avril 1864

A DEUX HEURES

Par le ministère de Me **CHARLES PILLET,** Commissaire-Priseur
rue de Choiseul, 11,

Assisté de MM. **MANNHEIM,** Experts, rue de la Paix, 10

Chez lesquels se distribue le présent Catalogue.

EXPOSITIONS { PARTICULIÈRE, le Mardi 29 Mars 1864,
PUBLIQUE, le Mercredi 30 Mars 1864,

De une heure à cinq heures.

CONDITIONS DE LA VENTE

Elle sera faite au comptant.

Les adjudicataires payeront *cinq pour cent* en sus des enchères, applicables aux frais.

Le présent Catalogue se trouve :

Chez MM.

A Paris,	CHARLES PILLET, Commissaire-Priseur, rue de Choiseul, 11.
»	MANNHEIM, Experts, rue de la Paix, 10.
Londres,	ANNOOT, Old-Bond street, 16.
»	F. DAVIS, New-Bond street, 93.
»	H. DURLACHER, New-Bond street, 113.
»	J. WEBB, 22, Cork-Street, Burlington-Garden.
Bruxelles,	ÉTIENNE LEROY, place du Grand-Sablon, 12.
Berlin,	FIOCATI, unter den Linden.
Francfort-s.-M.	LŒVENSTEIN frères, Zeil.

Paris. — Imp. PILLET fils aîné, rue des Grands-Augustins, 5.

DÉSIGNATION
DES OBJETS

PREMIÈRE VACATION

DU JEUDI 31 MARS 1864

Tabatières et Bonbonnières

1 — Magnifique tabatière ovale en or émaillé en plein. Le couvercle est orné d'une scène de buveurs dans le style des maîtres flamands ; le médaillon du fond présente le sujet de la Mère de famille, d'après Boucher; les médaillons du pourtour présentent des scènes d'intérieur et des attributs divers. Le reste de la boîte est enrichi d'ornements et de feuillages en or de couleurs très-finement ciselés. Travail français du temps de Louis XV. Etui en galuchat.

2 — Charmante miniature carrée, par Van Blarenberghe. Elle représente une fête champêtre : au premier plan, à droite, divers personnages semblent s'intéresser à un jeu de main-chaude qui occupe le centre du tableau ; à gauche, un paysan accourt tenant dans la main un bouquet d'orties destiné à surprendre désagréablement la main du patient ; au fond, se trouve un jeu d'escarpolette, et des villageois dansent en rond. Ce charmant paysage, enrichi de vingt-quatre personnages ainsi que de onze animaux divers de la plus grande finesse d'exécution, est placé sur une petite boîte oblongue en écaille, montée à gorge à charnière en or.

3 — Jolie boîte ronde enrichie de six sujets champêtres finement peints en miniature par Both et Baudoin ; monture à cage en or ciselé à ornements. Epoque Louis XVI.

4 — Portrait de jeune femme, charmante miniature ovale sur vélin, du temps de Louis XV, montée sur une boîte ronde en écaille.

5 — Portrait du duc d'Enghien, jolie miniature ronde montée sur une bonbonnière en écaille blonde à étoiles posées en or et galonnée en or. Epoque Louis XVI.

6 — Très-jolie petite boîte carrée en prisme d'améthyste, taillée à cuvette. Le couvercle est enrichi d'un petit chien couché, très-finement sculpté, dont les yeux et

le collier sont enrichis de brillants. Monture à gorge à charnière en or, et bec garni de branchages enrichis de diamants. Travail du temps de Louis XV.

7 — Jolie bonbonnière en cristal de roche, en forme de coquille, taillée à cuvette et gravée à godrons. Monture à charnière en or ciselé, à fleurs et ornements dans le style Louis XV.

8 — Autre bonbonnière en cristal de roche, de même forme, montée à charnière en or.

9 — Très-petite bonbonnière ronde en agate orientale blonde, montée à gorge à charnière en or et enrichie d'ornements en or repoussé dans le style de de Beches. Epoque Louis XV.

10 — Petite boîte plate et de forme octogone, en vermeil, enrichie de panneaux en aventurine de Venise.

11 — Jolie petite boîte carrée, enrichie de fleurs et d'ornements en or gravé appliqués sur un fond de burgau. Monture à cage en or gravé. Epoque Louis XV.

12 — Petite bonbonnière ronde en écaille blonde à filets posés d'or. Monture à galons en or, et le couvercle à ornements découpés à jour en or gravé. Epoque Louis XV.

13 — Bonbonnière ronde en poudre d'écaille verte incrustée d'un treillis en or. Galons en or gravé. Epoque Louis XVI.

14 — Drageoir en écaille posée et piquée d'or, à ornements et animaux. Gorge à charnière en or.

15 — Très-belle boîte carrée en émail de Saxe; sur le couvercle se trouve le chiffre de Marie-Aurore Kœnigsmark (mère du maréchal de Saxe) dont le portrait se trouve à l'intérieur; elle est, de plus, enrichie de fleurs et d'ornements rocaille. Monture en or émaillé en plein à oiseaux et feuillages sur fond gravé. Travail de Dresde, du temps de Louis XV.

16 — Boîte carrée en ancienne porcelaine de Saxe, décorée de fleurs sur fond blanc; l'intérieur du couvercle présente une vue de château et divers personnages. Monture à gorge à charnière en vermeil.

17 — Petite boîte en vernis de Martin, à décor d'oiseaux, galonnée d'or.

18 — Boîte en forme de botte, en argent, à ornements et animaux finement gravés.

Miniatures et Émaux

19 — Très-jolie miniature carrée du temps de Louis XV. Portrait de jeune femme assise et filant. Le costume ainsi que les meubles et accessoires sont très-finement exécutés. Petit cadre en or gravé.

20 — Jolie miniature ovale sur ivoire, signée Hall : Portrait de jeune femme. Bordure carrée en bronze doré.

21 — Petit portrait de femme ; jolie miniature ovale sur ivoire dans la manière de Hall. Petite bordure en or gravé.

22 — Grande et belle miniature ovale, signée Augustin, 1790 : Portrait de mademoiselle de Raucourt. Belle bordure en or à réverbère et à pois émaillés blanc.

23 — Très-beau portrait ovale de la reine Hortense, finement peint en miniature par Isabey, 1805. La bordure, en or émaillé, enrichie de perles fines, forme médaillon et contient une mèche de cheveux.

24 — Deux grandes et belles miniatures rondes sur vélin, par Charlier : Amours et colombes. Diam. 27 cent. Bordures du temps, en bois sculpté et doré.

25 — Autre grande et belle miniature carrée, par Charlier : les Appas multipliés. Haut. 39 cent., larg. 29 cent.

26 — Autre belle miniature de Charlier, faisant pendant à celle qui précède : la Surprise. Haut. 39 cent., larg. 29 cent.

27 — Autre jolie miniature carrée, par Charlier : Offrande à l'amitié. Composition gracieuse de trois personnages. Haut. 29 cent., larg. 21 cent.

28 — Très-belle miniature ovale sur ivoire : Portrait du roi Louis XVI jeune, signé Hall, 1770. Dans une riche bordure en bronze ciselé et doré au mat, à ruban.

29 — Très-petit portrait de femme finement peint en miniature sur vélin; bordure en bronze ciselé et doré à rubans et branches de laurier.

30 — Portrait de la reine Marie Leczinska; jolie miniature ovale en longueur sur ivoire.

31 — Jeune fille tenant une corbeille de fruits; miniature ronde sur ivoire attribuée à Périn. Belle bordure en bronze ciselé et doré du temps de Louis XVI.

32 — Portrait de jeune femme; miniature ronde sur ivoire dans la manière de Hall.

33 - Portrait du roi Stanislas de Pologne; miniature carrée sur ivoire. Signée Lesieur.

34 — Portrait de madame la duchesse Du Maine en costume de Diane; jolie miniature ronde sur vélin.

35 — Portrait de madame Louise-Adelaïde d'Orléans, abbesse de Chelles; miniature ovale sur vélin, avec glace en cristal de roche. Bordure en vermeil.

36 — Portrait de jeune femme (mademoiselle de Beaujolais); miniature ronde sur ivoire.

37 — Miniature ovale sur vélin; portrait de jeune femme dans la manière de Klinstet.

38 — Miniature ronde en grisaille sur ivoire; portrait de madame Rolland, date de 1791.

39 — Très-joli portrait de femme ovale, peint sur émail, signé au revers F. Aubert; dans une bordure carrée en bronze ciselé et doré au mat.

40 — Portrait de jeune femme tenant un petit chien; jolie peinture en émail, dans un cadre à reverbère en or à filet d'émail vert.

41 — Médaillon rond, peint sur porcelaine, par Swebach des Fontaines. Passage du Pont de Rivoli.

*

Bijoux

42 — Jolie petite coupe en cristal de roche, en forme de bateau, à ornements finement gravés. Long. 127 millim.

43 — Très-belle montre en or émaillé du temps de Louis XIV, par les frères Huaut. Le fond extérieur est orné de personnages finement peints; au pourtour et à l'intérieur se trouvent des paysages; le cadran, émaillé de même, présente à son centre deux personnages assis. Double boîte en peau de chagrin cloutée d'or.

44 — Magnifique carnet de visite et son porte crayon en or, enrichi de deux très-belles plaques de burgau incrustées d'or gravé, représentant des monuments, des vases, des arbustes et des volatiles. Précieux travail du temps de Louis XV.

45 — Porte-tablettes en poudre d'écaille rose, monté en or ciselé à ornements et découpés à jour; il est orné sur une de ses faces d'une jolie miniature, portrait de femme. Époque Louis XVI. Etui en galuchat..

46 — Deux jolis couteaux à dessert, l'un deux à lame d'or; les manches, en or finement ciselé, sont enrichis de bandes de burgau. Epoque Louis XVI. Ils sont accompagnés de leur étui du temps, en galuchat.

47 — Autre service à dessert, composé de même de deux couteaux, dont l'un à lame d'or; les manches, en poudre d'écaille jaspée, sont garnis en or ciselé. Époque Louis XVI. Étui en galuchat.

48 — Joli couteau de poche du temps de Louis XVI, en or guilloché et ciselé à deux lames, dont l'une en or. Étui en galuchat.

49 — Bel étui en or de couleurs, finement ciselé à ornements et médaillons à attributs. Époque Louis XVI. Étui en galuchat.

50 — Autre étui en or ciselé et fond guilloché, du temps de Louis XVI. Étui en galuchat.

51 — Petit étui en prime d'améthyste, à gorge à charnière en or repoussé, à fleurs et ornements et bouton en brillant.

52 — Autre étui en prime d'améthyste, monté à gorge à charnière.

53 — Petit flacon en verre taillé, enrichi d'ornements et de fleurs en or repoussé et découpé à jour; le bouchon en or est enrichi de la devise suivante sur fond émaillé blanc : *Sincère en amitié*.

54 — Cuvette de tabatière en cristal de roche, taille diamant.

55 — Jolie petite clef en fer ciselé, portant en relief le blason des Médicis.

56 — Fermoirs de livre en argent doré et émaillé enrichis de grenats.

57 — Autres fermoirs de livre en argent ciselé, à figures et ornements. Époque Louis XIV.

58 — Autre petite clef en fer, à ornements et couronne repercés à jour.

59 — Porte-plume et porte-crayon en or guilloché et ciselé. Époque Louis XVI.

60 — Joli coffret carré, composé de petites plaques d'agate montées en argent.

Orfévrerie

61 — Grande et belle écuelle et son plateau en argent ciselé, à ornements, du temps de Louis XIV.

62 — Autre belle écuelle et son plateau en argent gravé à ornements; les anses sont formées de lauriers ciselés et découpés à jour; le bouton du couvercle est formé par une grenade. Les bords du couvercle et du plat sont ornés d'oves en relief. Époque Louis XV.

63 — Écuelle et son plateau en argent, du temps de Louis XVI, avec perles en relief. Le bouton du couvercle est formé par un nid d'oiseaux.

64 — Petite écuelle et son plateau en argent gravé, du temps de Louis XV.

65 — Petite casserole avec couvercle et plateau en argent repoussé, à canaux tors et à rosaces et ornements gravés; manche en ivoire.

66 — Très-beau pot à eau et sa cuvette en argent doré, du temps de Louis XV, richement orné de fleurs, oves et rosaces finement ciselées.

67 — Autre beau pot à eau et sa cuvette en argent, du temps de Louis XV. La panse du vase est enrichie de guirlandes de laurier et de roseaux; le bec est formé par une tête de Fleuve; le bouton du couvercle est formé par des roseaux.

68 — Porte-huilier en argent, du temps de Louis XV, formant ménagère.

69 — Jolie corbeille à pain en argent repoussé, à ornements fleurs et rosaces finement ciselées et découpées à jour. Époque Louis XV.

70 — Petit gobelet à couvercle en argent, à ornements gravés. Époque Louis XIV.

71 — Cuiller en argent doré en partie, à manche ciselé et cuilleron gravé sur ses deux faces. Travail du XVIe siècle.

72 — Bordure ovale en argent repoussé, à ornements rocaille.

73 — Autre bordure en argent repoussé à fleurs et ornements, destinée à recevoir sept médaillons.

74 — Jolie cassette de forme carrée, à couvercle à moulures, en filigrane d'argent.

75 — Pot à eau et sa cuvette en cristal taillé, garni en vermeil.

DEUXIÈME VACATION

DU VENDREDI 1er AVRIL 1864

Porcelaines

MONTÉES & NON MONTÉES

76 — Magnifique vase en ancien céladon bleu turquoise, en forme de gourde, à anses carrées. Sa monture, en bronze ciselé et doré, d'une grande finesse d'exécution, se compose d'un socle à quatre consoles, d'une gorge à laquelle se rattachent deux cornes d'abondance contenant des fruits, et qui traversent les deux anses de porcelaine dont elles sont le complément; enfin, un couvercle repercé à jour termine l'ornementation de cette pièce, remarquable tant par l'élégance de sa forme que par le goût de sa monture, qui date de la plus belle époque du règne de Louis XVI. Haut. 43 cent.

77 — Deux jolis vases en forme de cassolettes; l'un d'eux en ancien céladon, l'autre en ancienne porcelaine tendre de Sèvres, tous deux bleu turquoise uni. Ils sont montés sur piédouches et sont garnis de gorges à

jour et d'anses en bronze finement ciselé et doré. Époque Louis XVI. Haut. 22 cent.

78 — Charmant petit cabaret solitaire en ancienne porcelaine de Sèvres, pâte tendre, à décor dit feuille de choux, enrichi de trophées de musique et autres. Il se compose du plateau, de forme contournée, de la théière, du sucrier, du pot à crème et de la tasse, avec soucoupe. Remarquable par la beauté du décor et par sa conservation.

79 — Écuelle et son plateau en ancienne porcelaine de Sèvres, pâte tendre, à décors de fleurs et filets bleus.

80 — Pot à eau et sa cuvette en ancienne porcelaine de Sèvres, pâte tendre, décorée de bouquets de fleurs sur fond blanc.

81 — Deux sucriers sur plateaux en ancienne porcelaine tendre de Sèvres, à décor dit feuille de choux.

82 — Deux beurriers en ancienne porcelaine de Sèvres, pâte tendre, même décor.

83 — Deux bols en ancienne porcelaine de Sèvres, pâte tendre, de décor analogue.

84 — Huit assiettes en ancienne porcelaine de Sèvres, pâte tendre, fond blanc et bouquets de fleurs.

85 — Douze assiettes en ancienne porcelaine de Saxe, bords à jour et à décors de fleurs.

86 — Six assiettes de mêmes porcelaine et modèle, mais non décorées.

87 — Six autres assiettes d'un modèle différent, de même sans décor.

88 — Douze assiettes et un grand plat en ancienne porcelaine de Copenhague, à bords à jour et à décors de fleurs.

89 — Écuelle et son plateau en ancienne porcelaine de Saxe, à fleurs et festons de feuillages dorés sur filets bleus.

90 — Très-joli pot à eau et sa cuvette en ancienne porcelaine de Saxe, à décors de fleurs et de fruits et bordures à écailles roses.

91 — Deux bols et deux assiettes en ancienne porcelaine de l'Inde, à décors de fleurs.

92 — Plat ovale et creux en ancienne faïence de Rouen, à blason et ornements en bleu sur blanc.

93 — Quatre bourdaloues en ancienne porcelaine de Sèvres et de Saxe, qui seront vendus séparément.

94 — Encrier en bronze doré, formant bougeoir, à deux lumières, avec godets et petit chien en porcelaine. Époque Louis XV.

95 — Deux jolis bols en ancienne porcelaine du Japon, à côtes, à décor de fleurs, etc., en couleurs.

96 — Pot à eau et sa cuvette en ancienne porcelaine de Sèvres, pâte tendre, décor moderne à médaillons, sujets champêtres et rubans bleus.

97 — Pot à crème en ancienne porcelaine de Sèvres, pâte tendre, à décors de fleurs.

98 — Quatre très-petits vases en ancienne porcelaine de Saxe, à décor de fleurs et à anses têtes de béliers.

Bronzes

99 — Jolie pendule Louis XVI, en bronze ciselé et doré, enrichie de deux figures d'enfants bronzées; socle en marbre blanc avec frise d'ornements en bronze doré découpés à jour. Mouvement de Viger, à Paris.

100 — Deux candélabres à trois lumières, pouvant accompagner la pendule ci-dessus. Ils se composent chacun d'un groupe de deux enfants bronzés supportant trois branches de lis en bronze doré et reposant sur des socles en marbre blanc, garnis de festons de perles en bronze doré. Époque Louis XVI.

101 — Jolie garniture de cheminée en bronze doré, modèle rocaille, enrichie de figures et fleurs en ancienne porcelaine de Saxe. Elle se compose de la pendule ornée d'un éléphant en bronze doré, sur lequel se trouve une petite femme assise, en ancienne porcelaine de Saxe. Mouvement de Noël Balthazar, à Paris, à cadran fleurdelisé. Les candélabres à deux lumières sont formés de petits bosquets sous lesquels se trouvent des figurines en porcelaine de Saxe. Époque Louis XV.

102 — Deux magnifiques paires de bras, du temps de Louis XVI, en bronze doré au mat, à trois lumières. Ils sont formés de cornes d'abondance d'où s'échappent des rinceaux, et ils se terminent par des cassolettes à trépieds. Pièces rares.

103 — Très-belle paire de petits chenets en bronze, du temps de Louis XVI; ils sont formés de groupes de colombes reposant sur des carquois, des couronnes de fleurs et des nuages, et sur des socles enrichis d'ornements en bronze très-finement ciselé, doré et découpé à jour, appliqués sur un fond bleui. Le fini et la grâce de ces deux charmantes pièces nous font penser qu'elles ont été exécutées par Gouthières.

104 — Deux girandoles en bronze doré, à neuf lumières garnies de cristaux de roche.

105 — Paire de mouchettes et son plateau en cuivre doré, à blason et fleurs de lis gravés.

106 — Deux jolis candélabres en bronze doré; ils se composent de figures de Bacchantes soutenant des corbeilles d'où s'échappent trois branches de marguerites; socles en marbre blanc. Époque Louis XVI.

107 — Deux beaux chenets en bronze doré, du temps de Louis XV; Chinois et Chinoise sur socles rocaille à galerie à balustres.

108 — Deux autres chenets du temps de Louis XV, en bronze: Enfants tenant des grappes de raisin, sur socles rocaille.

109 — Deux chenets en bronze doré, style Louis XV; enfants musiciens, sur socles rocaille.

110 — Deux porte-montres en bronze ciselé et doré au mat, du temps de Louis XVI.

Meubles

111 — Magnifique commode du temps de la Régence, à deux tiroirs et à deux portes contournées sur les côtés; en marqueterie de bois, garnie de bronzes ciselés et dorés de la plus grande beauté. Dessus de marbre serancolin. Long. 1^{m} 50.

112 — Très-belle commode-étagère en acajou du temps de Louis XVI, très-richement garnie de bronzes ciselés et dorés. Le devant, de forme droite, est à trois tiroirs; les côtés cintrés ont un tiroir ouvrant à secret à leur partie supérieure et deux tablettes étagères en marbre blanc. Le dessus, de même en marbre blanc, est entouré d'une jolie galerie à draperies. Très-belle ébénisterie de l'époque. Long. du fond, 1m 30.

113 — Grande et belle commode en marqueterie de bois violet, de forme contournée et à double rang de tiroirs, très-richement garnie de bronzes dorés. Epoque Louis XIV. Long. 1m 40.

114 — Grand meuble à deux portes, en marqueterie de bois, garni d'ornements et de guirlandes de chêne en bronze finement ciselé, doré et repercé à jour. Tablette en marbre blanc à moulures. Epoque Louis XV. Long. 1m 20.

115 — Meuble en forme de secrétaire, à côtés cintrés, en marqueterie de bois à fleurs, avec ornements de bronze doré. Il a deux portes pleines dans le bas, deux portes vitrées dans le haut et deux tiroirs. Epoque Louis XV. Larg. 92 cent.

116 — Très-belle commode de forme contournée à deux tiroirs, en marqueterie de bois à fleurs de couleurs, garnie de riches bronzes dorés. Dessus de marbre brèche d'Aleth. Époque Louis XV. Long 1m,30 cent.

117 — Bureau à dos d'âne en marqueterie de bois, garni de bronzes dorés. Epoque Louis XV.

118 — Table à ouvrage de forme ronde en marqueterie de bois à fleurs, garnie de bronzes. Une plaque de porcelaine a été ajoutée sur le dessus. Epoque Louis XV.

119 — Jolie commode du temps de Louis XVI, forme cintrée sur le devant, en marqueterie de bois à fleurs et à médaillons de personnages, richement garnie de bronzes dorés. Tablette en marbre blanc. Long. 1 mètre.

120 — Très-jolie toilette en marqueterie de bois à fleurs, richement garnie de bronzes dorés. Epoque Louis XV.

121 — Joli guéridon à quatre pieds, en bois noir et filets de cuivre, richement garni de bronzes finement ciselés et dorés. Tablette en marbre brèche de Sicile. Epoque Louis XVI.

122 — Deux encoignures en marqueterie de bois à losanges. Dessus de marbre brèche d'Aleth.

123 — Autre commode de forme contournée très-originale, en marqueterie de bois à quadrilles et rosaces; garnie de chutes et boutons en bronze doré. Epoque Louis XV. Long. 1 mètre.

124 — Deux très-grandes bibliothèques en marqueterie d'écaille rouge et de cuivre, garnies de bronzes, à portes vitrées. Long. 1m 45; haut. 2m 60.

125 — Ecran en bois sculpté et doré du temps de Louis XV, garni d'étoffe de soie ancienne.

126 — Autre écran en bois sculpté et doré du temps de Louis XVI, garni d'une tapisserie au petit point.

127 — Guéridon en acajou, garni de bronzes ciselés et dorés. du temps de Louis XVI; avec tapis brodé en soie.

128 — Table à jouer en marqueterie de bois à fleurs, garnie de bronzes dorés. Travail moderne.

129 — Petit bonheur du jour en marqueterie de bois de rose et bronzes. Travail moderne.

130 — Deux bibliothèques en marqueterie de cuivre et écaille rouge, garnies de bronzes; le haut des portes est vitré.

131 — Petit bureau à dos d'âne, en marqueterie de bois, garni de bronzes. Epoque Louis XV.

132 — Six fauteuils Louis XVI en bois doré, avec tapisseries de Beauvais, à sujets tirés des fables de la Fontaine,

133 — Meuble à deux portes du temps de Louis XV, en marqueterie de bois, garni de bronzes. Larg. 1 m. 20 cent.

134 — Bureau à dos d'âne, en marqueterie de bois de rose, garni de bronze. Époque Louis XV.

135 — Autre bureau à dos d'âne, en marqueterie de bois, analogue à celui qui précède.

136 — Petite commode à deux tiroirs, de forme cintrée, en bois de rose et garnie de bronzes.

137 — Petite table à ouvrage, en marqueterie de bois, garnie de bronzes.

Tableaux

138 — Quatre magnifiques tableaux, par L. LAGRENÉE (l'aîné), 1774. Haut. 2 m. 55 c.; larg. 1 m. 40 c.

La Beraudière

LES QUATRE ÉLÉMENTS.

L'Eau est représentée par l'union de Neptune et d'Amphitrite ;

La Terre, par la présence de Cérès, qui vient enseigner aux hommes la science de l'agriculture;

L'Air, par Éole, que Junon vient conjurer de déchaîner les vents et les tempêtes contre la flotte d'Énée;

Le Feu, par Vulcain, qui remet à Vénus les armes qu'elle lui avait commandées pour Énée.

Ces tableaux sont remarquables par la beauté de leur exécution ainsi que par la grâce de leur composition, qui comporte en moyenne, pour chacun d'eux, huit personnages de grandeur presque nature.

139 — Portrait de madame la duchesse de Bourgogne. École et époque de Mignard.

140 — Portrait de Marie-Clotilde de France, mariée à Charles-Emmanuel, etc., prince de Piémont. École française du temps de Louis XV.

141 — Portraits de madame de Maintenon et de mademoiselle de la Vallière, vues à mi-corps, et figurant l'Hiver et l'Automne.

14 3— Portrait de mademoiselle de Montpensier. Peinture du temps.

143 — Portrait au pastel de la reine Marie-Antoinette. Bordure ovale en bois sculpté et doré.

145 — Portraits au pastel de la Dauphine et de Charles X enfants.

146 — Vue de Château et de Parc, avec animaux sur le premier plan. Il est signé Van Leer, 1788.

147 — Combat de cavalerie. Petit tableau attribué à Van der Meulen.

148 — Portrait de Marie Leczinska. Pastel, signé Noël, 1758.

149 — Portrait de femme du temps de Louis XV.

150 — Chardon, plantes, reptiles et papillons, par Otto Marcellis.

151 — Adoration des bergers, peinture sur bois attribuée à Dietrich.

152 — Lot de gravures, d'après Boucher et autres.

Objets divers

153 — Bacchante couchée; jolie terre cuite, par Marin.

154 — Beau coffre de mariage, en bois noir, enrichi de cinq belles mosaïques de Florence, à oiseaux en relief et garni de bronzes dorés.

155 — Petit buste en bronze de Marie de Médicis, sur piédouche en bronze doré.

156 — Groupe en marbre tendre sculpté; la Vierge assise, allaitant son divin Fils.

157 — Six verres de Bohême gravés à sujets et ornements.

158 — Quatre assiettes de forme contournée, en verre très-finement gravé, à fleurs et ornements.

159 — Six coupes à pieds en verre de Bohême taillé.

160 — Deux grands sucriers et leurs plateaux en verre de Bohême, très-finement gravé, à fleurs et ornements.

161 — Deux autres sucriers et leurs plateaux en verre gravé.

162. — Deux jolies corbeilles en verre de Bohême gravé, à fleurs et ornements.

163 — Râpe à tabac en ivoire sculpté, représentant un guerrier debout.

164 — Éventail à feuille peinte et à monture d'ivoire sculpté.

165 — Sous ce numéro, on vendra les objets omis.